ABILIO GODOY

CONDE DE DODOY

e sua história sem moral

Ilustrações de
Bernardo França

1ª edição

TEXTO © ABILIO GODOY, 2023
ILUSTRAÇÕES © BERNARDO FRANÇA, 2023

DIREÇÃO EDITORIAL
Maristela Petrili de Almeida Leite

COORDENAÇÃO DE EDIÇÃO DE TEXTO
Marília Mendes

EDIÇÃO DE TEXTO
Ana Caroline Eden

COORDENAÇÃO DE EDIÇÃO DE ARTE
Camila Fiorenza

DIAGRAMAÇÃO
Cristina Uetake

ILUSTRAÇÕES DE CAPA E MIOLO
Bernardo França

COORDENAÇÃO DE REVISÃO
Thaís Totino Richter

REVISÃO
Nair Hitomi Kayo

COORDENAÇÃO DE *BUREAU*
Everton L. de Oliveira

PRÉ-IMPRESSÃO
Ricardo Rodrigues, Vitória Sousa

COORDENAÇÃO DE PRODUÇÃO INDUSTRIAL
Wendell Jim C. Monteiro

IMPRESSÃO E ACABAMENTO
Bercrom Gráfica e Editora

LOTE: 782.456
COD: 120009286

Dados Internacionais de Catalogação na Publicação (CIP)
(Câmara Brasileira do Livro, SP, Brasil)

Godoy, Abilio
 Conde de Dodoy e sua história sem moral / Abilio Godoy; ilustrações de Bernardo França. – 1. ed. – São Paulo : Santillana Educação, 2023. – (Girassol)

ISBN 978-85-527-2915-0

1. Literatura infantojuvenil I. França, Bernardo. II. Título. III. Série.

23-172310   CDD-028.5

Índices para catálogo sistemático:
1. Literatura infantil   028.5
2. Literatura infantojuvenil   028.5

Cibele Maria Dias – Bibliotecária – CRB-8/9427

Reprodução proibida. Art. 184 do Código Penal e Lei 9.610 de 19 de fevereiro de 1998.

Todos os direitos reservados.

EDITORA MODERNA LTDA.
Rua Padre Adelino, 758 – Quarta Parada
São Paulo – SP – Brasil – CEP 03303-904
Vendas e Atendimento: Tel. (11) 2790-1300
www.moderna.com.br
2023

Impresso no Brasil

LEITURA EM FAMÍLIA
Dicas para ler
com as crianças!

http://mod.lk/leituraf

Sozinho, no alto de uma torre no coração da cidade, vivia o Conde de Dodoy, que, apesar do nome chique, era um sujeito bastante comum. Nem alto nem baixo, nem gordo nem magro, nem forte nem fraco, nem bonito nem feio, nem pobre nem rico, nem bondoso nem malvado. Em outras palavras, um homem-bem-mais-ou-menos. Desses que a gente encontra por aí, levando suas vidas com sabor de chuchu morno.

Quer dizer, nem todos a gente encontra, porque alguns têm mania de ficar em casa, pensando na morte da bezerra. Era esse o caso do Conde, que, mesmo sem ter nem uma única cabecinha de gado, tinha, isso sim, uma grandessíssima cabeçona de vento. E gostava de passar os dias trancado na sua biblioteca, redemoinhando os próprios miolos.

No que tanto matutava, nem ele sabia explicar. Às vezes, inventava histórias compridas, cheias de personagens e aventuras que logo esquecia. Outras vezes, se metia a estudar livros empoeirados, com muitas palavras difíceis e nenhum desenho. E, às vezes, passava o dia olhando pela janela, tentando entender a bagunça que era o mundo. Mas, como nunca entendia, quase não saía da biblioteca. Preferia ficar ali, com sua imaginação e suas estantes, a encarar a confusão da cidade lá fora.

Mesmo porque, desde criança, o Conde de Dodoy sempre foi muito sensível, e certas coisas que doíam pouco nos outros, nele doíam demais. Não ligava de tomar injeção, ou cair de bicicleta, mas ficava todo machucado quando alguém o magoava. E, por ser assim vulnerável, o Conde precisou desenvolver um superpoder. Sua mãe contava que ele tinha nascido com o canal das lágrimas entupido e passado seus primeiros meses em silêncio. Mas, quando o Dr. Henrique, médico que cuidava de toda a família, desentupiu a torneirinha, o Conde chorou que foi uma beleza, com lágrimas gordas e abundantes, de quem teve que esperar. Chorou tanto naquele dia que pegou prática e gosto. E, com o tempo, aprendeu a chorar com perfeição. No cinema e nos abraços, no travesseiro e no banco da praça, com motivo claro ou sem causa aparente, para refrescar as bochechas do sol ou misturar o choro na chuva.

Mas, como costuma acontecer aos super-heróis, muita gente cismava com o Conde. Os colegas da escola, por exemplo, sempre riram do seu superpoder. Tinham sido ensinados a esconder suas tristezas e, depois de engolirem por anos o choro com casca e sem tempero, tornavam-se umas jiboias compridas e despeitadas, de barriga inchada e olhos secos, que zombavam do Conde para que ele chorasse no lugar delas. E o Conde chorava mesmo, sem economizar. Chorava por causa das jiboias, mas também de pena delas, que teriam que jiboiar a vida inteira, se arrastando por aí, constipadas de sentimento.

Nem depois de crescido o Conde perdeu a delicadeza. Mas, de tanto implicarem com ele, aos poucos foi pegando aquela mania de se fechar na biblioteca, onde podia sentir o que quisesse, sem incomodar ninguém. Estava convencido de que, para viver entre as pessoas, precisaria da pele grossa de um rinoceronte e, como tinha a pele transparente de um caramujo, fazia bem em ficar em casa, camuflado entre seus livros. Disfarçado, como tantos super-heróis, de homem-bem-mais-ou-menos.

Assim foi vivendo até o dia em que acordou com uma dor inédita. Um desconforto numa parte de si que não sabia onde ficava. Em vão apalpou o corpo em busca do local dolorido. Não era dor de cabeça, nem de dente, nem de barriga. Não era dedão topado, joelho ralado, ou tornozelo torcido. Nem pontada, nem fisgada, nem mau jeito. Era uma dorzinha cinzenta, com cheiro de domingo e som de violoncelo. Depressa, o Conde apelou ao seu grande trunfo, e deu aquela choradinha. Mas, dessa vez, para sua surpresa, a mágoa não quis se afogar. Boiou numa boa sobre o superpranto, com um par de boias nos braços, batendo suas perninhas de tristeza num debochado nado borboleta.

Confrontado com o enigma, o Conde coçou o queixo e ventaniou o cérebro por horas, até que o interfone da torre tocou e o porteiro anunciou o Marquês de NéNada. O Conde suspirou aborrecido com a visita, que o afastaria dos seus pensamentos.

— Como vai meu primo querido? — o Marquês o apertou com tanta força contra o peito que o *do* do *querido* saiu com um arroto digno de cantor de ópera.

— Descobri uma dor inédita — anunciou o Conde, enquanto os dois se sentavam na biblioteca. — É bem aqui, sabe? Entre o agora e o nunca mais.

— Sei — o Marquês inflou as bochechas. — Também sofro de gases.

O Conde revirou os olhos e abanou a cabeça.

— Que gases, que nada! É assim como se fosse... uma cárie na minha... O Marquês tirou do bolso um fio dental e começou a passar nos dentes.

— Não, não é bem uma cárie. É uma dor na minha... uma dor no meu... Ele suspirou.

— Uma dor que não sei onde.

— Pois eu sei o que é — disse o Marquês depois de devolver o fio dental ao bolso e cruzar as mãos sobre a pança. — Não é nada; apenas vento da sua cabeça.

A cara do Conde foi da expectativa à irritação.

— Quem venta pela cabeça é você, estrupício!

— Desculpe — o Marquês inflou as bochechas. — É que hoje almocei uma bela feijoada.

O Conde se levantou.

— Eu que peço desculpas. Estou muito ocupado com a investigação desta dor nova. Se quiser, pode me visitar outro dia.

O Marquês piscou algumas vezes antes de sorrir sob o bigode.

— Você que manda — ele disse e se levantou também.

O Conde o acompanhou até a porta e, ao fechá-la, notou que a dor tinha aumentado. Sentou-se outra vez na biblioteca, apoiou o rosto nas mãos e caprichou na choradinha. Tentou tanto o pranto discreto quanto o escandaloso, provou fungadas e soluços, mas nada adiantou. A dor era teimosa como o ponto-final de uma história.

— Descobri o que está doendo! — ele disse triunfante para a poltrona em que o Marquês tinha se sentado. — Aquele tonto disse que não era nada, mas, usando a inteligência e o raciocínio lógico, descobri toda a verdade. A dor que sinto é aqui, bem aqui, na minha história.

Agitado, o Conde dava voltas pela biblioteca. "Sim, até hoje minha história foi firme, gostosa, direita. Só que agora, não sei por quê, ela entortou, inflamou, está doendo. Qual será o motivo?" Ele coçou o queixo e vendavalizou a cabeça atrás de um sopro de resposta. "Talvez", supôs, "eu esteja cansado de ser quem sou. Talvez esteja enjoado de tanto drama e tanto choro." Foi então que um furacão apareceu no seu crânio. E se procurasse o Dr. Henrique, para que o médico o reentupisse e o devolvesse àquele silêncio dos seus primeiros meses de vida? O Conde foi buscar na internet o médico que não via desde a infância.

Descobriu que o Dr. Henrique tinha ficado importante e agora só o chamavam pelo sobrenome. Já não atendia os pacientes nas suas casas. Tinha aberto uma clínica supermoderna, perto da torre onde o Conde vivia. Ao telefone, a secretária informou o preço da consulta, e o Conde pulou de susto.

— Tudo bem — suspirou. — Ficarei três meses sem comprar livros. Pode agendar para amanhã.

O Conde desligou e deu uma choradinha. Não de tristeza pelos livros que não compraria, mas de emoção pela expectativa de resolver o problema e de rever o Dr. Henrique, que lhe dava pirulitos bem gostosos quando ele era criança.

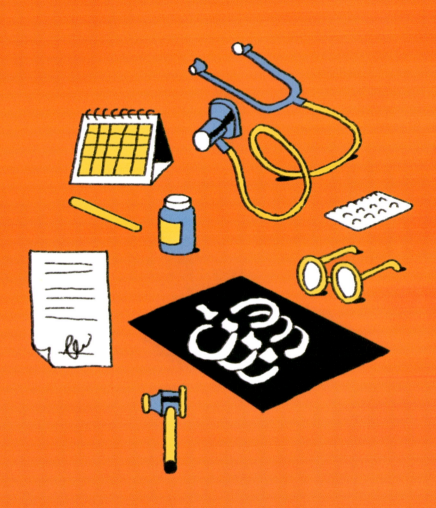

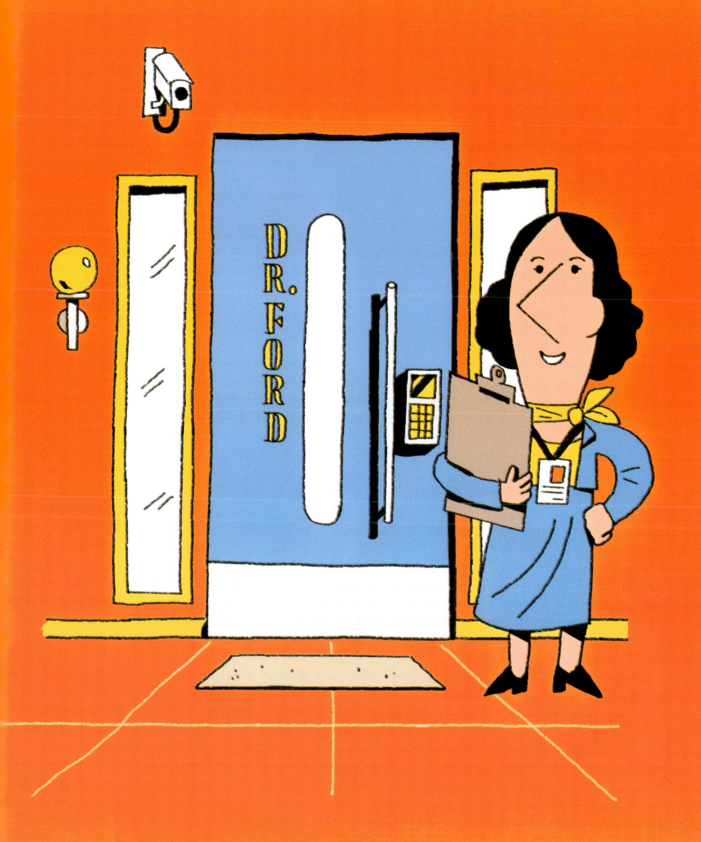

A clínica do Dr. Ford era uma maravilha do progresso. Da recepção ao consultório, do consultório à farmácia anexa, os pacientes eram levados por uma esteira automática. Tudo tão rápido e eficiente que não havia sala de espera, nem tempo de dar bom-dia.

— Crédito ou débito? — foi só o que perguntou a secretária com a máquina de cartões, antes de acionar o mecanismo da esteira.

E lá se foi o Conde depressa, braços abertos como um surfista, para a sala do doutor. Esperava encontrar o médico simpático da infância, mas o Dr. Ford não sorriu, nem tirou os olhos do computador.

— O que você está sentindo? — perguntou enquanto digitava.

— Muita dor na minha história.

O médico franziu a testa e deslizou na cadeira de rodinhas para acompanhar o paciente na esteira.

— Como assim, dor na sua história?

— Todo mundo tem uma história, não tem? A minha dói um bocado. Por isso vim saber se o senhor não poderia...

Mas o trajeto da esteira estava no fim, e o Dr. Ford precisou interromper.

— Aqui está a receita para um antibiótico, um antisséptico, um anti-inflamatório, um antiviral, um antifúngico, um antiespasmódico, um antibacteriano, um antipirético, um antiácido, um antidepressivo, um anti-histamínico, um antitérmico, um anticoagulante, um antiemético, um anticonvulsivante, um antialérgico e um xarope. Se não melhorar em três meses, você marca outra consulta.

O Conde de Dodoy, porém, desconfiou da xaropada antipática. Sobretudo quando, ao final do percurso da esteira, a mesma secretária da recepção o esperava vestida de atendente de farmácia, com um saco de remédios e a máquina de cartões.

— Crédito ou débito?

O Conde passou reto por ela, pulou para fora da esteira e voltou para casa sem diagnóstico e sem antídoto, com saudade do antigo Dr. Henrique. Assim que chegou à torre, fechou-se na biblioteca e, satisfeito ao menos com o fato de suas lágrimas continuarem livres e desentupidas, mandou ver na choradinha.

Mas a danada da dor continuava, e o Conde decidiu procurar outro tipo de ajuda. Pesquisando na internet, encontrou histórias de pessoas que diziam ter tido seus problemas resolvidos por um famoso guru. Seu nome era Paladivo Gratiluz e seus vídeos faziam muito sucesso. "Se todo mundo gosta tanto dele", redemoinhou o Conde, "ele deve ser mesmo bom." Ao telefone, a secretária informou o preço da consulta e o Conde pulou de susto.

— Tudo bem — ele suspirou. — Ficarei seis meses sem comprar livros. Pode agendar para amanhã.

A clínica Gratiluz cheirava a incenso e sabedoria. Nas paredes da sala de espera havia fotos do guru com celebridades, entre elas artistas famosos, políticos de diversos países, o papa e o dalai-lama. Postando-se diante do Conde com roupa de monja tibetana, a secretária estendeu a máquina de cartões.

— Crédito ou débito?

— Eu não conheço você de algum lugar? — quis saber o Conde.

— Talvez de outra encarnação — ela respondeu muito serena enquanto o Conde digitava a senha. — Gratidão — ela disse com as mãos juntas. — Entre que o mestre te espera.

Sentado no chão, em posição de lótus, Paladivo Gratiluz recebeu o Conde de Dodoy com um sorriso de galã de novela.

— Bem-vindo ao caminho da cura. É com muita honra que aceito ser seu guia. O que traz você aqui? Não, não me diga. Já adivinhei. A sua aura está com uma cor terrível de limão. Terrível mesmo. Só você pode cuidar disso, minha criança. Só você tem o poder da cura. Tudo depende deste momento de escolha. Então, me responda: está pronto para transformar de vez a sua vida e se tornar a melhor versão de você mesmo?

O Conde coçou o queixo e ergueu os ombros.

— Estou?

Paladivo levantou de um salto seu corpo ágil de iogue.

— Claro que está. Claro que está — o guru desferiu seu sorrisão divo. — Mas precisa de mais atitude. Deixe-me examinar você. Está vendo essa mesa com um ovo na bandeja? Pegue o ovo. Muito bem. Faça um carinho nele. Ótimo. Dê um beijinho. Perfeito. Agora jogue no chão.

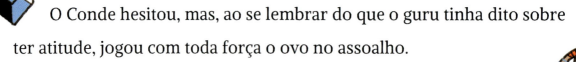

O Conde hesitou, mas, ao se lembrar do que o guru tinha dito sobre ter atitude, jogou com toda força o ovo no assoalho.

— Não, não, não — gemeu o guru. — Por que fez isso?

— Ora, porque você mandou.

— E você destrói uma vida só porque eu mandei, sem nem questionar?

O Conde franziu a testa e olhou para o ovo espatifado.

— Como posso ter destruído uma vida, se não tinha pintinho dentro?

— Não importa. A vida existe no ovo como potencial. É por causa dessa falta de iluminação que a sua aura está desse jeito.

— Mas eu não vim falar da minha aura — protestou o Conde. — Vim falar de uma dor que estou sentindo na minha história.

— A dor não existe — retrucou Paladivo. — O mal não existe. A doença não existe. O sofrimento não existe. Tudo isso está na sua cabeça. É você quem escolhe sua realidade, minha criança. E você merece uma realidade excelente. Como diz o ditado tibetano, se a sua aura está cor de limão, faça uma Mona Lisa.

O conde coçou o queixo.

— Não seria uma limonada?

— De jeito nenhum. Limonada é prazer do corpo. Os melhores prazeres são do espírito. E o seu está doente, muito doente. Por isso, de hoje em diante, você deve deixar de comer carne, frutos do mar, leite, ovos, frutas, verduras, legumes, farináceos, leguminosas, grãos e açúcar.

— E do que é que eu vou viver? — espantou-se o Conde.

— De luz. E, claro, de suplementos que vou receitar. Suplementos de proteína, suplementos de gordura, suplementos de carboidratos, suplementos de vitaminas, suplementos de minerais e um pedacinho de marmelo. Mas é muito importante que você não se esqueça de expressar gratidão ao marmeleiro. Se não melhorar em três meses, você marca outra consulta.

O Conde de Dodoy, porém, desconfiou da marmelada suplementar. Sobretudo quando, de volta à recepção, a mesma secretária o esperava vestida de nutricionista, com uma cesta de suplementos e a máquina de cartões.

— Você não é a secretária do Dr. Ford? — suspeitou o Conde.

— Não — a moça piscou o olho. — Ela é minha prima. Crédito ou débito?

— Nem um nem outro — esquivou-se o Conde, virou as costas e fugiu de volta para a torre.

Mas a danada da dor continuava, e o Conde decidiu procurar outro tipo de ajuda. Pesquisando na internet, encontrou muitos artigos de uma famosa psicóloga. Seu nome era Leila Kanianna d'Odvan e suas palestras estavam sempre lotadas. "Se todo mundo gosta tanto dela", redemoinhou o Conde, "ela deve ser mesmo boa." Ao telefone, a própria Leila informou o preço da consulta, e o Conde pulou de susto.

— Tudo bem — ele suspirou. — Ficarei um ano sem comprar livros. Pode agendar para amanhã.

A clínica d'Odvan ficava num discreto prédio de escritórios. Com um sorriso mínimo sob os óculos, a psicóloga abriu a porta da sua sala para o Conde, e ele teve a impressão de que a conhecia de algum lugar.

— Deite-se aqui — ela indicou um divã.

Ele obedeceu, e a analista se sentou com seu caderninho numa poltrona atrás do Conde.

— Aí não consigo ver você — ele reclamou com o pescoço torcido.

— Fique tranquilo, é assim mesmo. Apenas relaxe e me diga tudo o que vier à sua cabeçona, han-han, digo, à sua cabeça.

O Conde coçou o queixo.

— Bem, em primeiro lugar estou me perguntando quanto tempo vou ter que ficar deitado neste sofazinho.

— Depende. Cada caso é um caso, mas eu diria que, pela média, você deve ficar mais ou menos a vida inteira, tirando ou pondo umas semanas.

— Tudo isso?

— Tudo isso.

— E adianta?

— Adianta.

O Conde ergueu os ombros na horizontal.

— Então está bom — ele disse.

E a analista repetiu:

— Está bom.

— Pois bem, Dona Leila, eu vim aqui me consultar com você porque há três dias estou sentindo uma dor muito forte na minha história.

— Na sua história — arremedou a psicóloga em tom de revelação.

— Sim, na minha história.

— Na sua *história*.

— Exato, na minha história.

— Na *sua* história.

— Isso, na minha história.

— Na sua his-tó-ria.

— Perfeito, na minha história.

— Na sua história?

— Correto, na minha história.

— Na sua história!

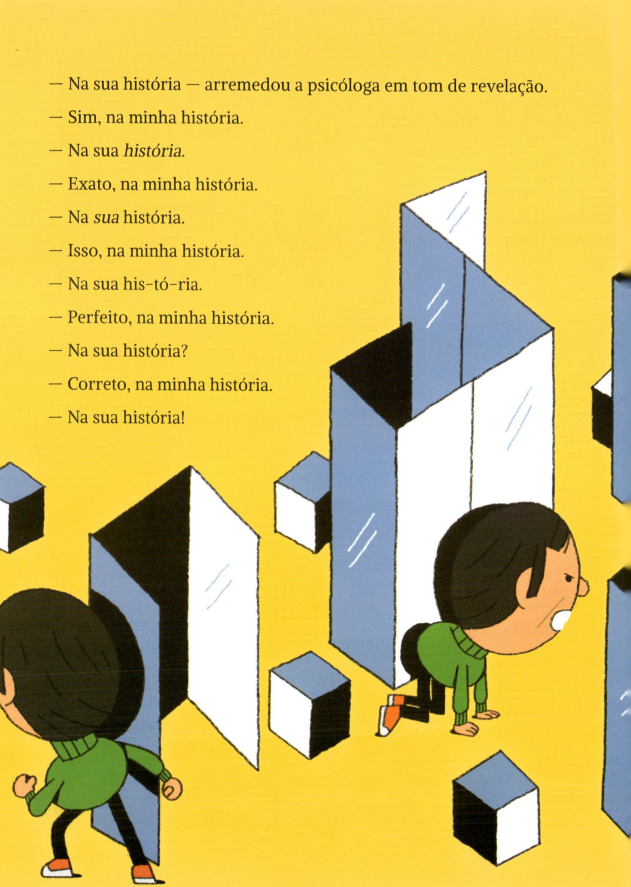

— Aham, na minha história.

— Na sua história...

— Pois é, na minha história.

— Nessa história que é sua, que pertence a você mesmo.

— De fato, na minha história.

— Na sua história, *en tu historia, in your story, à ton histoire, nella tua storia, in deiner Geschichte.*

O Conde retorceu o pescoço.

— Você está gozando da minha cara?

Leila Kanianna terminou de fazer uma anotação no caderninho, olhou para o Conde no fundo dos olhos e disse:

— Da sua cara.

O Conde se sentou no divã.

— Por que você repete tudo o que eu digo?

— O que você diz.

— Estrupício?

— Estrupício.

— Azêmola?

— Azêmola.

— Eco?

— Eco.

— Eu sou uma besta.

— Você é uma besta.

— Não, *você* é uma besta.

— *Você* é uma besta.

— Espere um pouco — o Conde apertou os olhos. — Você não é a secretária do Dr. Ford e do guru Gratiluz?

A analista pousou o caderninho no colo.

— A sessão terminou. Até semana que vem.

— Já acabou?

— Já acabou.

— Só cinco minutos?

— Só cinco minutos.

O Conde suspirou e se levantou do divã.

— Crédito ou débito? — perguntou a psicóloga, com seu sorriso mínimo e a máquina de cartões.

Desanimado, o Conde voltou para a torre e se fechou com a dor na biblioteca. Por horas redemoinhou, ventaniou e vendavalizou a cabeçona de vento sem achar uma saída. De tudo o que tinha inventado, nada parecia funcionar. E o que mais detestava eram problemas sem solução. Anoitecia quando o interfone da torre tocou e o porteiro anunciou o Marquês de NéNada. O Conde sorriu contente com a visita, que o afastaria dos seus pensamentos.

— Como vai meu querido primo? — O Marquês o apertou com tanta força contra o peito que o *mo* do *primo* saiu com um arroto digno de cantor de ópera.

— Na mesma — respondeu o Conde, que, depois de se sentarem, contou ao parente tudo o que tinha acontecido desde que tinha descoberto que a dor era na sua história.

— Se é essa a dor, por que você não muda de história?

O Conde coçou o queixo.

— Mas isso não é possível. Cada um tem a sua. Não dá para trocar como quem troca de roupa para ir passear.

O Marquês alisou o bigode.

— Lógico que dá. Quantos personagens a gente não conhece de um montão de histórias diferentes? É só terminar a história velha, e começar a história nova.

O Conde se levantou da poltrona e se pôs a dar voltas pela biblioteca.

— E como faço para terminar a história velha? Como sei que acabou?

— Muito simples — o Marquês bateu palminhas. — É só dizer *e viveram felizes para sempre*.

O Conde não se convenceu com aquela resposta e retrucou, olhando a cidade pela janela, que viver feliz para sempre só era possível nos contos de fada.

— No mundo real ninguém vive para sempre, nem é feliz o tempo todo.

— Isso é verdade — precisou concordar o Marquês, e os dois ficaram um tempo quietos.

— Algumas histórias — lembrou-se o Conde — terminam com uma moral.

— Outras com um bananal, um goiabal, ou um jabuticabal.

— Não — riu o Conde. — Não é *um amoral*; é *uma moral*, uma lição, um ensinamento que a gente aprende com a história.

— E o que você aprendeu com a sua?

O Conde ergueu os ombros.

— Não sei se aprendi alguma coisa.

— Que tal, com quantos paus se faz um beliche? — piscou o Marquês.

— Não é moral; é marcenaria.

— Que tal, três vezes cinco menos treze?

— Não é moral; é matemática.

— Que tal, vau, canal, estreito?

— Não é moral; é geografia.

— Que tal, gol fora de casa vale mais?

— Não é moral; é desempate.

— Que tal, sinapse, junta, tendão?

— Não é moral; é biologia.

— Então que tal... que tal...

Ansioso para enfiar na cabeçona dura do Conde o sentido secreto das suas morais, o Marquês pensou com tanta força que fez até careta. Então vibrou na biblioteca um longo som de corneta, tímido no começo, como se o corneteiro do quartel soasse com sono a alvorada, e alvoroçado no final, como se o sargento tivesse lhe dado uma dura.

— Desculpe — o Marquês sorriu vermelho de vergonha. — É que hoje almocei uma bela salada de repolho.

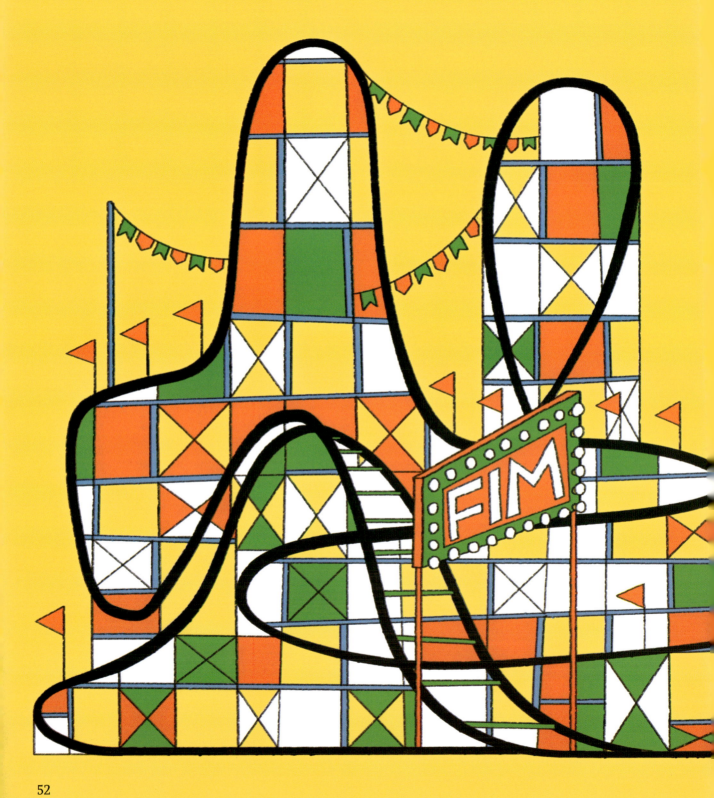

O Conde de Dodoy gargalhou tão gostoso com o Marquês, que lhe vieram lágrimas aos olhos desentupidos e, por um instante, ele até se esqueceu da dor.

— Pensando melhor — ele secou as bochechas com um lenço —, sempre vivi minha vida, assim, meio sem moral, e acho que não preciso de uma agora, para terminar esta história.

O Marquês ainda demorou a parar de rir e recuperar o fôlego.

— Então como é que ela termina?

O Conde coçou o queixo e ergueu os ombros.

— Bem-mais-ou-menos, sem firula e sem enfeite. Com um simples ponto-final, que você e eu encontramos **juntos**.

Sobre o autor

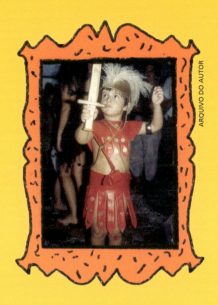

Meu namoro com a literatura, ou Lili, como brinco de chamá-la, começou ainda na infância, quando eu morava com minha família numa fazenda no interior de São Paulo. Acostumado a ficar sozinho, aprendi depressa a encher os espaços vazios com personagens imaginários e vivia pedindo à minha mãe que me ensinasse logo a ler. Assim que aprendi, peguei gosto pela coisa. E sempre que as férias chegavam, eu ganhava dos meus pais algum livro novo, que ficava lendo na cama, à luz do abajur, até de madrugada.

Já no ensino médio, o namoro com a Lili virou noivado quando comecei a escrever poemas e contos nos cadernos da escola. Escrever é parecido com ler. A diferença é que a história nova que você vai descobrindo ainda não foi contada por ninguém. E se, por um lado, isso deixa as coisas mais difíceis, por outro, dá a você o privilégio de ser o primeiro ou a primeira a desvendá-la.

Lili e eu nos casamos lá na USP, onde oficializei nosso romance com um diploma de bacharel em Letras e outro de mestre em Teoria Literária. Nossos filhos nasceram pouco depois, na forma de duas coletâneas de contos.

Este livro que você tem na mão, o caçula da família, é minha primeira obra infantil. Nele eu quis contar uma história que, de certa forma, aconteceu também comigo e vive acontecendo por aí, com as crianças mais sensíveis, quando crescem e viram adultos solitários para se proteger da bagunça que é o mundo. Espero que você tenha gostado!

Abilio Godoy

Sobre o ilustrador

ARQUIVO DO ILUSTRADOR

Nasci em Brasília, em 1982. Eu nunca fui a criança desenhista que a maioria dos colegas de profissão comentam ter sido. Lembro que os amiguinhos da classe achavam meus rabiscos legais, apesar de eu fazer o mesmo desenho sempre!

O tempo passou e acabei cursando Arquitetura, visto que lá em casa todos são arquitetos: minha mãe, meu pai e minha irmã. Quando eu já estava próximo de me formar, notei que os cadernos reservados para rascunhos e desenhos de Arquitetura foram dando cada vez mais espaço para desenhos de qualquer natureza; desenhos de observação de objetos aleatórios, criações mais livres e até mesmo alguns cartuns engraçadinhos.

Foi só eu terminar a graduação e me lancei de vez no mercado da ilustração. Hoje, já trabalho há mais de dez anos fazendo ilustrações para jornais, revistas e livros de todo tipo. Além do editorial, também trabalho com animação e participei de produções nacionais como *Irmão do Jorel* e *Oswaldo* e filmes comerciais dentro e fora do Brasil. Tenho muito orgulho de trabalhar em uma área repleta de gente criativa!

Trabalhar neste livro foi muito legal porque desde pequeno eu coleciono coisas e adoro saber a origem de tudo, assim como o nosso personagem, o Conde de Dodoy.

Bernardo França

Para conhecer mais o trabalho do Bernardo:

 @delaburns